Nathalie Lalliot

Clara et le fantôme du Royal Oak

Collection Jeunes du monde

ÉDITIONS DU TRÉCARRÉ

Données de catalogage avant publication (Canada)

Lalliot, Nathalie

Clara et le fantôme du Royal Oak

(Collection Jeunes du monde)
Pour les jeunes à partir de 11 ans

ISBN 2-89249-782-5

I. Titre. II. Collection.

PS8573.A383C52 1998 jC843'.54 C98-940349-1
PS9573.A383C52 1998
PZ23.L34Cl 1998

Conception de la maquette: *Joanne Ouellet*

Illustrations: *Marc Cuadrado*

Mise en pages: *Ateliers de typographie Collette inc.*

Révision linguistique: *Jean-Pierre Leroux*

ISBN 2-89249-782-5

Dépôt légal – 1998
Bibliothèque nationale du Québec

Imprimé au Canada

01 02 03 00 99 98

Éditions du Trécarré
Saint-Laurent (Québec) Canada

Nous reconnaissons l'aide financière du gouvernement du Canada par l'entremise du Programme d'Aide au Développement de l'Industrie de l'Édition pour nos activités d'édition.

Note au lecteur ou à la lectrice

Ce roman est différent de tous ceux qui existent déjà. Il te permet de lire une aventure captivante qui se passe dans un pays que tu ne connais peut-être pas. C'est pourquoi il t'offre des renseignements supplémentaires à la suite de l'histoire.

Les mots en caractères gras que tu rencontreras tout au long du texte sont expliqués à la fin du livre dans un volet informatif. En plus du lexique, tu y trouveras des anecdotes et des explications sur les coutumes du pays abordé. Ce volet te fera aussi découvrir de nouveaux endroits et une foule de choses intéressantes concernant le sujet du roman.

Bonne lecture!

LE VOYAGE

– C'est décidé, Clara... Avec des notes aussi mauvaises en anglais, tu ne me laisses pas le choix. Tu pars cet été en Angleterre!

– En Angleterre?... Y'aurait pas plus loin sur la carte? Je ne sais pas, moi, la lune, par exemple! Pourquoi je n'irais pas aux États-Unis? On pourrait peut-être m'envoyer en Floride, près de Disney World. On parle anglais là-bas aussi!

– Non, ma chérie! Pour toi, j'ai un autre projet: tu vas faire un échange avec la fille de mon amie de collège, Helen Griffith. Tu partiras trois semaines chez eux à Londres. Ensuite, tu reviendras avec elle, qui passera, à son tour, trois semaines chez nous.

– L'horreur! Seule dans un pays étranger, abandonnée par ma famille, après une année scolaire épuisante. Mais c'est pire que le centre d'accueil! Pitié, maman, *I speak English*!... je te jure que *I speak English very well*!

– C'est bien, ma chérie! Tu partiras donc en Angleterre pour te perfectionner. Toi qui demandais plus de liberté, voilà une bonne occasion à saisir. De plus, tu vas découvrir ton premier pays européen.

– Mais l'Europe, c'est vieux... Je vais mourir d'ennui là-bas!

– Assez discuté, chérie, allons préparer tes affaires pour la grande Aventure!

Sept jours plus tard, me voici donc à l'aéroport de Heathrow, à Londres. Accompagnée d'une hôtesse de l'air chargée de me «livrer» à la bonne famille, je pousse un chariot. Sur ma plus grosse valise, j'ai déposé Robert, mon vieux compagnon de tous les combats. Il me suit partout depuis ma naissance, et je n'ai pas eu le courage de le laisser seul à la maison. Je me demande tout de même si je n'aurais pas mieux fait de le cacher dans ma valise. À treize ans, se balader avec son vieil ours en peluche, est-ce que ça ne donne pas l'air un peu attardé?

– Ah! Voici ta famille, je pense! s'exclame l'hôtesse de l'air.

– En effet, je vois au loin un grand **escogriffe** qui hurle: «Clawra, Clawra!» et qui agite une pancarte sur laquelle est écrit: «CLARA». Bravo l'accueil! Si je voulais voyager incognito, c'est réussi! Tout le monde me regarde.

– Helloooo, Clawra, et bienvenou en Angleterre! me dit une grande femme au teint très blanc et à l'épaisse chevelure rousse. Je souis Helen Griffith.

Voici mon mari Edgard et ma fille. Vas-y, Rebecca, dis quelque chose de gentil à ta pitite amie fouançaise!

– Salut, Clara, et bienvenue! dit Rebecca.

EXIT
CLARA

Ça, c'est ce que dit sa bouche, mais ses yeux, eux, me disent: Je ne peux pas te sentir, et crois-moi, tu vas souffrir pendant trois semaines!

Maman!!! Me voilà seule, livrée pieds et poings liés à une Anglaise qui veut ma peau. Et en plus, on a payé un billet d'avion pour ça! Sans parler de tous les cadeaux qui sont dans ma valise.

À propos, ma mère a absolument tenu à ce que je leur apporte des spécialités culinaires du Québec, avec entre autres du sirop d'érable, du jus de pomme frais de Rougemont et un gros fromage d'Oka. Et c'est pas pour dire, mais mon sac commence à puer des pieds.

– Viens, Clawra! me dit Mrs Griffith en s'emparant du sac qui renferme le fromage infernal.

Nous nous dirigeons vers le stationnement. Si j'ai bien compris, on va m'appeler «Clawra» pendant trois semaines, étant donné que les Anglais ne savent pas prononcer les *r*.

Dehors, il fait froid et gris. Les vacances s'annoncent de mieux en mieux. À la voiture des Griffith, il y a un garçon qui attend. Ou plutôt, je devrais dire LE garçon. Celui dont chaque fille a rêvé un jour dans sa vie. Il est grand, quinze ans peut-être. Il est incroyablement beau: des cheveux noirs brillants et des yeux vert d'eau dans lesquels je sens que je pourrais plonger, même sans bouée.

– Bonjour, dit-il en venant vers moi avec un grand sourire. Je m'appelle Hugo et je suis le frère de Rebecca.

Comment une fille pareille peut-elle avoir un frère aussi beau? Ce n'est pas possible, elle a été adoptée! Il me tient la portière pour que je m'asseye dans la voiture, puis s'installe à côté de moi. Je regarde son profil parfait, ses mâchoires masculines, son nez...

– Tiens, c'est à toi, je crois! dit Rebecca en me tapant du doigt sur l'épaule.

Aussitôt, elle dépose sur mes genoux, et avec un grand sourire, mon vieil ours en peluche. Elle l'a fait exprès, pour me ridiculiser et me rabaisser au rang de bébé.

– Il est *cute*! me dit alors Hugo avec un sourire plus blanc qu'une publicité de dentifrice.

Gentiment, il pince même l'oreille de Robert.

Wow! Je savais bien que j'avais eu raison d'emmener mon ours préféré.

Pendant le trajet, Hugo et ses parents m'expliquent tous les endroits que nous irons visiter cette semaine à Londres. Je dois dire que ça ne m'intéresse qu'à moitié, mais je souris quand même tout le temps. Il commence à y avoir une super mauvaise odeur dans la voiture. Je me sens assez gênée.

Moi, je sais que c'est l'oka, mais eux, qu'est-ce qu'ils peuvent bien penser? Le coup du fromage, c'était encore une super bonne idée de ma mère. Heureusement, nous arrivons à leur **cottage**. C'est une ravissante maison en pierres devant laquelle s'étend une pelouse d'un vert tendre agrémentée çà et là de quelques massifs de roses. Un chien de grande taille surgit et se jette sur Hugo en lui léchant frénétiquement les mains et en aboyant comme un fou.

– *Stop it, will you! And sit down, Ghost!* ordonne Hugo.

– Ghost? Quel drôle de nom pour un chien! dis-je en caressant ce gros pataud plein de vie.

– Oui, car il serait un descendant du chien qui hante le Royal Oak's Castle. C'est une drôle d'histoire, que je te raconterai peut-être plus tard, répond Hugo en me faisant un clin d'œil.

– Sûrement pas! s'exclame Rebecca.

Tu n'as pas à dévoiler nos secrets de famille à n'importe qui.

En un éclair, cette peste de Rebecca a rompu le charme. Je ne suis pas n'importe qui et je jure qu'elle va apprendre à me connaître. Mais pour le coup, elle a réussi à me saper le moral.

– Viens, Clawra, je vais te faire visiter notre maison et te montrer ta chambre, me propose Mr Griffith.

À peine ai-je le temps de déposer mes valises sur le lit que j'entends Mrs Griffith crier: «À table!»

Nous prenons place autour d'une grande table en noyer au centre d'une spacieuse salle à manger. Les murs sont recouverts à mi-hauteur de lambris de bois bruns. Au-dessus d'eux, trônent quatre trophées de chasse: deux sangliers et deux chevreuils. Je ne sais pas si c'est le poids de leur regard mort, ou l'ambiance solennelle de cette pièce, ou peut-être encore plus simplement les effets du décalage horaire, mais je sens que mes parents commencent à me manquer cruellement.

– Veux-tu un peu de rôti avec des petits pois à la menthe? me demande Mrs Griffith.

Beurk! De la sauce à la menthe avec des petits pois. Quelle horreur! Et pourquoi pas de la confiture avec la viande tant qu'on y est?

– Veux-tu de la confiture de groseille sur ton rôti de porc? me demande Mrs Griffith.

Ce n'est pas vrai. Il y a une caméra cachée ou quoi?

– Non merci, je n'ai pas très faim! Si vous le permettez, je préférerais aller me coucher, dis-je en me levant aussitôt.

Après un «bonne nuit» lancé à la ronde, je monte vite retrouver ma chambre. Quelques minutes plus tard, je m'endors, Robert dans les bras et des larmes plein les yeux.

LONDRES

Le lendemain matin, nous partons visiter Londres toute la journée. Pour commencer, nous montons dans un *double-decker*, les célèbres bus à deux étages. Celui-ci a la particularité d'être à ciel ouvert. Nous sommes tous assis en haut, Rebecca et ses parents à l'arrière et Hugo et moi-même à l'avant. Les cheveux au vent, c'est super rigolo de découvrir une ville de cette façon. Le parcours, qui durera trois heures, nous emmènera à travers les artères principales de la grande ville. Nous nous arrêterons pour visiter certains monuments.

– Je te dirai les noms de toutes les rues, des places et des édifices que nous verrons, me dit Hugo. Voici d'ailleurs le premier. Nous passons devant Westminster Abbey. Puis le Parlement, et bien sûr Big Ben, dont le carillonnement est mondialement connu.

Un peu plus loin, nous arrivons à Buckingham Palace, la résidence de la reine, avec juste à côté Saint James Palace. Le bus s'arrête.

– Viens, descends! me crie Hugo en m'attrapant par la main. Allons vite aux grilles car c'est la relève de la garde.

Écrasée contre les gros barreaux des grilles du palais, je regarde les Grenadier Guards qui, solennellement, quittent leur poste. Ils sont remplacés par d'autres qui se mettent à crier, comme si on leur avait marché sur les pieds. Très franchement, je ne trouve pas ça particulièrement excitant. Mais Hugo semble si fier que je prends un air super intéressé. La foule nous presse tellement que je suis carrément collée contre Hugo. Rien que pour ça, je passerais bien toute la matinée ici.

– Allons-y, c'est fini! me dit tout à

coup Hugo. Il faut retourner au bus. Est-ce que tu sais, Clara, qu'il est impossible de faire rire un Guard? Quoi que tu fasses, ils ne bougent pas et **restent de marbre**. Tu as vu le sketch de Mr Bean là-dessus?

Et rien qu'en y repensant nous remontons dans le bus avec le fou rire.

– Prochaine étape: Piccadilly Circus, me dit Hugo. Le bus ne s'y arrêtera pas. Mais on y retournera cet après-midi pour jouer les touristes, s'asseoir sur les marches au milieu de la place et regarder l'incroyable animation qui y règne. Autre place, autre ambiance. Voici Trafalgar Square avec, au centre, la statue de l'amiral Nelson.

– Trafalgar: grande victoire navale de Nelson sur la flotte française! dit Rebecca qui vient de s'asseoir juste derrière nous. Une grande défaite infligée à tes ancêtres, n'est-ce pas?

– Oui, Rebecca! réplique Hugo. Mais je te signale que la guerre est finie, alors laisse un peu tomber les armes, s'il te plaît! Tiens, Clara, regarde! Ça, c'est Saint

Paul's cathedral. J'adore cette église, et si un jour je me marie, ce sera ici.

– Attends de voir la basilique Notre-Dame quand tu viendras à Montréal, dis-je précipitamment! Je suis sûre que tu changeras d'avis.

– Quoi? dit Rebbecca rouge de colère. Je croyais que c'était moi qui devais aller au Canada. Mais peut-être que madame a fait d'autres projets. Après avoir bien profité de notre hospitalité, elle invite mon frère à ma place, histoire de me remercier.

– *Enough, Rebecca*! crie presque Hugo qui s'est levé d'un bond et entraîne sa sœur au fond du bus jusqu'à ses parents.

Je ne sais pas quoi faire. Est-ce que je dois aller m'expliquer sur ce que j'ai dit? Je n'ai pas invité Hugo à la place de Rebecca. Mais c'est vrai que j'aimerais bien qu'il vienne un jour à Montréal. Je me sens mal à l'aise et, une fois encore, «la peste» a réussi à gâcher mon plaisir.

– *Don't worry*, Clawra! me dit Mrs Griffith qui s'est penchée sur moi. Vous finissez le tour avec Hugo et il te fera visiter Londres. Nous retournons à la maison car Rebecca est un peu fatiguée. Ne rentrez pas après six heures, dit-elle à Hugo, et fais bien attention à la pitite!

Je croise le regard de Rebecca. Nelson et Napoléon doivent se retourner dans leur tombe. Non, la guerre n'est pas finie, je sens que la bataille ne fait que commencer. Tant pis pour elle. Elle l'aura voulu!

Arrivés près de Tower Bridge, ils descendent donc et nous restons tous les deux dans le bus.

– Qu'est-ce qu'elle a contre moi, ta sœur? dis-je l'esprit encore tout troublé par ce qui vient de se passer.

– Rien de sérieux, Clara, je t'assure. Elle ne supporte pas de voir que nous nous entendons bien. Ma sœur et moi avons toujours été très proches. De me voir tout à coup avec quelqu'un d'autre la rend folle de jalousie. Mais tu verras, ça lui passera très vite! Ah! Regarde! La Tour de Londres! Tu vois ces gardes? Ils s'appellent les Beefeaters, c'est-à-dire les mangeurs de bœuf. Ils protègent l'entrée car c'est ici que se trouve le trésor de la Couronne. Et tu vois tous ces corbeaux? Eh bien, si l'un de ces oiseaux meurt, la tradition veut qu'on le remplace par un autre. Et ça, pour échapper à la prédiction datant de Guillaume le Conquérant, disant que lorsque les corbeaux disparaîtront de la tour blanche, l'Empire britannique s'effondrera.

Je regarde Hugo qui sourit légèrement. Difficile de savoir si les Anglais croient vraiment à leurs légendes ou s'ils font semblant.

– Allez, viens maintenant! Après le Londres ancien, je vais te montrer le Londres actuel. Direction King's Road, Chelsea et Covent Garden. Tu vas en voir de toutes les couleurs!

Et comme le bus arrive à la fin de son parcours, nous descendons et nous nous dirigeons vers le métro.

– Tu verras, King's Road est une rue très typique avec beaucoup de magasins branchés et spécialement des boutiques

de vêtements de tous les styles. Tu vas adorer!

Hugo sourit tout le temps, et je crois qu'il est heureux de me faire visiter la ville. Au dehors, je suis saisie par l'animation et le bruit qui règnent dans King's Road. On trouve tous les styles vestimentaires. Il y a des punks aux cheveux multicolores, vêtus de cuir noir et de chaînes. Un skinhead, à l'air agressif, se promène en donnant le bras à sa mère, une petite femme en tailleur bleu avec un chapeau à plumes. Un couple de Pakistanais nous croise. La femme a revêtu un **sari** orange et or et l'homme porte un turban mauve.

– Ce qui m'étonne, dis-je à Hugo, c'est l'indifférence que tous les gens ont les uns pour les autres. Personne ne regarde personne, et pourtant, il y a vraiment de drôles d'allures.

– Ce n'est pas de l'indifférence, c'est de la tolérance! Les Anglais ne se soucient pas de l'apparence. Personne ne te jugera parce que tu as les cheveux bleus ou que tu portes trois anneaux dans le nez.

– Wow! Regarde, Hugo, ce magasin a l'air super, un bric-à-brac comme j'aime. On peut jeter un œil?

À l'intérieur, c'est plein de choses géniales, et je reste bien une demi-heure à farfouiller dans la boutique. Il y a des tee-shirts qui changent de couleur quand on les touche, des foulards fluo et des jupes en plastique.

Une fois dehors, nous nous arrêtons dans une *tea house* pour prendre un lunch, et je montre à Hugo toutes les merveilles que j'ai pu acheter.

– Regarde! C'est un tee-shirt des Spice Girls pour ma meilleure amie, Jessica. Ça, c'est une boule qui fait de la neige quand on la retourne et il y a Big Ben à l'intérieur. Je suis sûre que ça plaira à ma mère comme presse-papiers.

– Et ça, c'est pour toi! me dit Hugo, en me tendant une petite boîte. J'espère qu'elles te plairont et t'aideront à garder un bon souvenir de Londres.

J'ai les yeux baissés sur la petite boîte et je me sens super gênée. Je l'ouvre et j'aperçois la plus jolie paire de boucles d'oreilles que j'aie jamais vue. De plus, c'est la première fois qu'un garçon m'offre un bijou. Quand je dirai ça à Jessica, elle en sera verte de jalousie. Je n'ose pas relever les yeux. Qu'est-ce que je dois dire? Dois-je l'embrasser? Oh non, pitié... Je n'oserai jamais! Je sens que je commence à rougir. Maman, fais quelque chose!!!

– Elles te plaisent? me demande Hugo.

Et lorsque je lève les yeux, il sourit si gentiment que je sens toute ma gêne s'envoler.

– Viens, maintenant, nous allons visiter le musée de Madame Tusseau.

Tu verras, c'est un musée de statues de cire. Toutes les célébrités y sont représentées. Peut-être y aura-t-il Céline Dion?

Et nous repartons tous les deux pour passer le plus chouette des après-midi à Londres. Je crois que plus ça va, plus j'aime l'Angleterre!

Le soir, de retour au **cottage**, Rebecca est absente. Elle est allée chez une amie et rentrera tard. Nous passons une soirée tranquille, à jouer au scrabble. C'est pas pour dire, mais je fais des progrès géants en anglais. Et même si je soupçonne qu'on triche pour me laisser gagner, je trouve que je me débrouille pas trop mal.

Sachant que le lendemain nous devons faire de la route, je décide de monter me coucher. Heureusement, car au moment où je ferme ma porte, j'entends Rebecca qui rentre à la maison. Et très franchement, je n'ai pas envie de la voir.

LE CHÂTEAU

Nous avons quitté Londres. Mr et Mrs Griffith nous emmènent près de Canterbury pour passer quelques jours, dans leur propriété familiale, au Royal Oak's Castle, c'est-à-dire le château du Chêne royal.

Rappelés à Londres pour des raisons professionnelles, ils nous confient cinq jours aux bons soins du grand-père de Rebecca et Hugo.

Après avoir franchi les grilles dorées et sculptées d'un gigantesque portail, nous empruntons une allée centrale. Bordée de chênes, elle mène à une magnifique bâtisse en pierres de taille, dont chaque aile se termine par une tourelle.

– Wow! dis-je en sortant de la voiture. Je n'ai jamais rien vu d'aussi beau!

– Ça, c'est un compliment qui vient du cœur, me répond un vieil homme aux cheveux grisonnants et à l'allure très fière. Je me présente: je suis Grand-Pa, le grand-père de ces deux garnements.

Et sur ce, Rebecca, la froide, la peste Rebecca, se jette dans les bras de son grand-père en l'enlaçant tendrement.

– Venez, je vous ai fait préparer une tasse de thé chaud! dit Grand-Pa.

Du thé, encore du thé, toujours du thé! Ça ne leur arrive jamais de boire du coke dans ce pays!

– J'espère que vous n'aurez pas peur de vivre quelques jours dans un authentique château hanté? me demande Grand-Pa avec un large sourire malicieux.

– Non, pas du tout! Vous savez, je ne crois pas aux fantômes!

– Tu as tort, Clara. C'est très sérieux. Notre château est réellement hanté par le fantôme d'un chien, répond soudainement Hugo.

Quoi? Le grand et beau Hugo aurait-il peur des fantômes? Je rêve!...

– Un chien? Tu te moques de moi. Et est-ce qu'il arrive quand on le siffle?

– *Very funny!* répond Rebecca manifestement agacée. En tout cas, je ne te souhaite pas de le rencontrer. C'est un énorme chien qui défend le château des Griffith et qui s'attaque à tous les étrangers. Mais bien sûr, seuls les Anglais peuvent comprendre ce genre de chose.

Et avant même que je puisse répondre à «la peste», Hugo me pousse gentiment vers le château.

– Viens, Clara! Avant de prendre le thé, je voudrais te faire visiter notre domaine.

Et, tout à coup, me prenant plus solennellement par la main, nous rentrons dans le château tels une princesse et son fier chevalier. Quelle classe!...

C'est pas pour dire, mais avec lui, je me sens capable d'affronter tous les fantômes du coin et même de faire face à Frankenstein ou une armée de vampires.

Après avoir traversé un hall magnifique, nous nous retrouvons dans une salle d'armes. Trois armures de chevaliers sont accotées sur les hauts murs de pierres. Sont suspendus aussi des boucliers ornés de **blasons** colorés de motifs vert foncé, or et rouge. De grandes lances de tournois pointent leur flèche vers le haut plafond voûté. Des arbalètes, des arcs, toute une panoplie d'armes différentes se trouve accrochée au mur.

– Mais c'est un vrai musée! dis-je à Hugo dont le visage reflète toute la fierté qu'il éprouve à partager ses trésors avec moi.

– Tu ne crois pas si bien dire. En fait, pour arriver à faire survivre le château, mon grand-père et son père avant lui ont été obligés de l'ouvrir au public. Quatre jours par semaine, des visites organisées se succèdent et l'argent récolté suffit à peine à couvrir les frais d'entretien.

– Wow! Alors moi, je suis drôlement privilégiée! J'ai mon guide personnel. Est-ce que je devrais te donner un pourboire à la fin de la visite? dis-je en rigolant.

– Je n'accepte pas d'argent, mais on peut envisager autre chose, répond Hugo en me regardant fixement du plus profond de ses yeux verts.

Je sens tout à coup le rouge monter à mes joues. Il faut absolument que je trouve quelque chose à dire.

– Deux gommes ballounes, ça t'irait?

À peine ai-je dit cela que je le regrette. Hugo éclate de rire et m'attrape par le cou en me poussant dans la pièce suivante. Nous arrivons dans la bibliothèque. C'est magnifique! De grandes fenêtres en forme d'**ogive** éclairent un pan de mur entièrement recouvert de centaines de livres. Beaucoup sont gainés de cuir vert sombre ou grenat. De vieux fauteuils en bois sculptés et tapissés de tentures médiévales ouvrent leurs bras à la lecture et à la réflexion.

J'adore cette pièce et je décide de m'asseoir quelques minutes sur une causeuse située face à une cheminée de marbre sculpté. Au-dessus de l'**âtre**, est accroché un tableau pour le moins surprenant. Il représente un homme vêtu d'un uniforme. À ses pieds, se tient un chien.

– C'est mon aïeul, Lord H.W. Griffith qui vivait au XIXe siècle. C'était un colonel de l'armée des Indes. Rappelé par la reine Victoria en 1879, son bateau a fait naufrage. Il voyageait avec son chien, et tous deux se sont retrouvés à dériver sur un radeau de fortune. Mais le colonel voyait ses forces décliner et, alors qu'il approchait d'une côte, il est tombé à l'eau. Son chien a sauté à la mer et l'a ramené évanoui sur la grève. Lord H.W. Griffith a donc été sauvé par son compagnon et il a décidé de l'immortaliser avec lui, sur ce tableau que tu regardes. Et puis, en visitant les différentes chambres du château, tu trouveras une dizaine de toiles de la même scène, mais chacune d'elles exécutée par un peintre différent. Étrange, n'est-ce pas?

– Oui, plutôt! Et qu'est-ce qui est écrit en petit sur la plaque de cuivre, là, sur l'encadrement?

– «Major rapportera la fortune des Griffith», répond Hugo devenu quelque peu rêveur.

– Qu'est-ce que ça veut dire? Qui est Major?

– Major était le nom du chien. Il a disparu en 1882, trois semaines après la mort du colonel. Il était si triste d'avoir perdu son maître qu'il errait dans les couloirs du château en gémissant. Il aura sûrement déniché un passage secret, une trappe souterraine, nul ne le sait. En tout cas, le chien s'est retrouvé coincé entre les murs mêmes du château. À partir de ce jour, les gens de maison ont entendu des gémissements, des plaintes, des aboiements qui semblaient sortir des murs. Ils avaient très peur et de là est née la légende du fantôme du chien de Lord Griffith.

Un lourd silence est tombé dans la bibliothèque. Hugo me semble très loin de moi, perdu dans les **méandres** d'histoires anciennes. Je regarde par la fenêtre la lumière qui décroît en cette fin de journée, et je sens quelques frissons me parcourir le dos. Pour la première fois, je suis presque heureuse d'entendre la voix de Rebecca crier: «À table.»

FRAYEUR DANS LA NUIT

Le soleil pénètre à grands flots dans la chambre, et bien qu'ayant les yeux ouverts, j'ai encore le sentiment d'être en train de rêver. C'est la première fois de ma vie que je dors dans un château. Pourtant j'ai l'impression d'y avoir toujours vécu. Ce n'est pas possible, j'ai sûrement dû être reine ou quelque chose du genre dans une autre vie! Je m'étire de tout mon long, seule dans cet immense lit. Je regarde le ciel en velours rouge du baldaquin au-dessus de ma tête. Cette chambre semble sortie tout droit d'un conte de fées, et je m'attends presque à voir apparaître une servante pour m'aider à m'habiller et à me coiffer.

En me levant, je regarde par la fenêtre le splendide jardin qui s'étend de chaque côté de la grande allée bordée de chênes. Sur la pelouse, j'aperçois Hugo qui semble se promener et j'ai tout à coup très envie de le rejoindre pour profiter de cette magnifique journée. J'enfile en vitesse mon jean et mon petit chandail de Mickey, puis je me ravise. C'est bien la première fois que ça m'arrive, mais ce matin, j'ai le goût de mettre ma robe. Je dis «ma» robe, parce que c'est la seule et unique de ma garde-robe. Et encore, c'est grâce à ma mère qu'elle y est. Elle a fait un tel scandale dans le magasin, en disant que j'étais toujours habillée en cow-boy ou en joueur de basket-ball, que j'ai accepté qu'elle me l'achète. J'ai ajouté, bien sûr, que je ne la porterai que pour l'halloween. Elle n'est pas si laide en fait, et après l'avoir passée, je me trouve même plutôt jolie. Mes longs cheveux châtains ramenés en chignon au-dessus de ma tête, me voilà métamorphosée. Il faudra à tout prix que je fasse une photo aujourd'hui pour l'envoyer à ma mère. Sinon, elle ne me croira jamais!

Toc, toc.

– Je peux entrer? demande la voix de Hugo qui, sans attendre de réponse, pénètre dans ma chambre. *Oh my God, Clara!* Tu es superbe! laisse-t-il échapper.

Merci, maman, je te revaudrai ça... Et on oublie tout ce que j'ai dit sur l'oka.

– Oh, tu sais, ce n'est rien qu'une petite robe en coton.

Bravo la réplique, ma pauvre Clara! Dis-lui avec quel savon tu la laves, tant que tu y es!

– Eh bien, disons qu'elle est très bien portée, renchérit Hugo.

– Alors, vous descendez, les amoureux, ou il faut vous faire porter le petit-déjeuner dans la chambre? demande Rebecca en passant sa tête par la porte.

– *You, shut up!* répond Hugo qui s'élance dans les escaliers à la poursuite de sa sœur.

Je ne sais pas si c'est ma robe ou le ciel bleu sans l'ombre d'un nuage, mais je me sens heureuse. Je crois que je commence à adorer l'Angleterre.

Nous passons toute la journée à visiter les environs. C'est un vrai plaisir! Il n'y a que des **cottages** perdus dans des îlots de verdure. Dans les jardins si joliment entretenus, se trouvent des fleurs, des chats et parfois même des chevaux derrière des clôtures de bois. Nous sillonnons de petites routes paisibles, bordées çà et là de murets de pierres grises. Les arbres sont si lourds de feuillage qu'ils se penchent de chaque côté de la route pour se rejoindre en formant une arche.

À l'heure du lunch, nous nous arrêtons dans un pub familial, en pleine campagne: The Red Fox. Une fois encore, je suis surprise par la gentillesse des gens. Certains, en entendant mon accent français, viennent s'asseoir à notre table pour me demander d'où je viens. L'ambiance est si chaleureuse que j'ai l'impression de rêver. Seule ombre au tableau, Rebecca, qui continue à me lancer des regards méchants. Elle ne semble pas se réjouir de ma popularité. Ce n'est pas possible, elle ne doit pas être anglaise!

L'après-midi, nous faisons une promenade de trois heures à travers champs. Le soir venu, nous nous arrêtons dans une auberge pour prendre un repas copieux, avant de rentrer au château, morts de fatigue.

De retour dans ma chambre, après une douche bouillante, il me reste juste assez de force pour une dernière séance de trampoline. J'ai un lit super, où je rebondis dès que je saute dessus.

Mais je sens que je ne vais pas prendre beaucoup de temps pour **tomber dans les bras de Morphée**. Les yeux mi-clos, je regarde la lune noyée dans un **halo** blanchâtre. Elle semble me sourire tandis que mon esprit s'alourdit. Soudain, je crois entendre un très léger bruit dans ma chambre. Trop fatiguée pour rouvrir les yeux, je me retourne dans mon lit et me **love** sous ma grosse couette en plumes d'oie.

Alors, quelque chose d'effrayant arrive. Un long gémissement déchire le silence de la nuit. Une plainte abominable emplit mes oreilles, et le son est si distinct qu'il semble faire partie de moi-même. On dirait que quelqu'un est là, à côté de mon lit, et qu'il crie juste derrière ma nuque. Tout mon corps est parcouru de frissons. Au moment où je m'apprête

à me lever, j'entends comme un halètement et, à ce moment précis, mes jambes se mettent à trembler si fort que je n'arrive même plus à me lever. Mon cœur bat à se rompre et je laisse échapper un cri strident. Puis, tout à coup, ce sont des aboiements qui jaillissent des murs.

D'un saut, je me retrouve debout et j'allume la lumière. Bien que j'aie encore affreusement peur, une petite partie de moi se sent rassurée. Les gémissements et les halètements étaient ceux d'un chien, et je regarde tout autour de moi. Mais je sais très bien que je ne verrai pas d'animal. Je sais ce que je viens d'entendre: ce sont les plaintes du fantôme de Major, le chien du colonel Griffith, enfermé depuis plus d'un siècle dans les murs du château. Jamais plus de ma vie je ne dirai que les fantômes n'existent pas.

– Clara, Clara! appelle Grand-Pa qui tambourine à ma porte. *Are you all right?*

Et sans perdre une seconde, j'ouvre grande ma porte et me jette dans ses bras. Hugo et Rebecca sont là aussi, et leur présence me fait énormément de bien.

– Je l'ai entendu. C'est vrai. Il existe! Il est coincé dans les murs du château. Il gémit comme un être humain. C'était abominable!

J'ai tellement eu peur que je parle à toute allure, d'une voix aiguë.

– Non, Clara! Tu te trompes. Ce n'est pas le fantôme de Major que tu as entendu. C'est une très regrettable erreur! répond Grand-Pa en me regardant droit dans les yeux. Je suis vraiment désolé que tu aies eu si peur et je ne comprends pas comment cela a pu se produire.

– Laisse, Grand-Pa. Je vais lui expliquer ce qui s'est réellement passé! dit Hugo. Mais d'abord, pour te remettre de tes émotions, Clara, tu vas venir boire une grande tasse de lait chaud avec du miel.

Et sans me demander mon avis, il me tire par la main pour descendre vers la cuisine. Abasourdie, je passe à côté de Rebecca, qui me fait alors le plus

mesquin des sourires. Elle me regarde de ses yeux très clairs et d'un ton affreusement hypocrite me dit:

– Ma pauvre Clara, toi qui prétendais ne pas croire aux fantômes!

Et sur ces mots, elle retourne dans sa chambre en sifflotant la musique de *Ghostbuster*.

– Quelle peste, cette Rebecca! me dit Hugo en entrant dans la cuisine.

Et alors qu'il fait chauffer du lait, je m'assieds à la table. Je suis encore sonnée et j'avoue ne rien comprendre à ce qui m'est arrivé.

– Est-ce que quelqu'un voudrait bien m'expliquer ce qui vient de se passer? J'ai failli faire une crise cardiaque en entendant les pleurs du fantôme du chien. Mais de toute évidence, ça n'a pas l'air de vous affoler.

– Non, *dear Clara*, parce que tu as entendu des aboiements enregistrés sur un magnétophone.

Chez les fous! Je suis chez les fous! Il faut à tout prix que ma mère vienne me chercher. Vite, où est le téléphone?

– Ne fais pas cette tête, Clara, dit Hugo en pouffant de rire. Je vais tout te raconter.

Et alors qu'il s'assied à la table, Hugo commence la plus incroyable des explications.

L'ARMÉE DES INDES

– Je t'aï déjà dit, je pense, déclare Hugo, que mon grand-père avait beaucoup de mal à faire face à toutes les dépenses du château. Son père avait même dû vendre la plus grosse partie des terres du domaine à des **promoteurs**. Aujourd'hui, ces mêmes **promoteurs** font pression sur Grand-Pa pour qu'il vende le château. Mais revenons en arrière. Quand Lord H.W. Griffith, notre ancêtre, a fait naufrage en 1879, il a perdu sa fortune personnelle qu'il rapportait des Indes. En 1882, où il a été emporté par une bronchite due à son trop long séjour dans l'eau, il avait laissé un testament. Il léguait à son fils unique le château du Chêne royal. Mais aussi, à ses futurs descendants, une fortune qui serait un jour rapportée par Major. Il s'agit là d'un mystère, d'une phrase obscure que bien des générations de Griffith ont essayé de déchiffrer, mais en vain... Existe-t-il réellement une fortune des Griffith? Quel lien avec le chien, mort depuis tant d'années? Nul ne peut répondre à ces questions.

– O.K.! Mais dis-moi, qu'est-ce qui s'est passé tout à l'heure dans ma chambre?

– J'y viens! L'histoire du chien fantôme est connue dans toute la région et bien au-delà encore. Et c'est grâce à elle que nous avons autant de visites. Alors, pour ne pas faire mourir cette légende, Grand-Pa, Rebecca et moi avons caché un magnétophone dans le château. De temps en temps, lors de visites, s'il reste un retardataire un peu à l'arrière du groupe, Grand-Pa met en marche le magnétophone. Je ne te raconte pas à quelle vitesse le traînard rattrape les autres, et surtout, par son témoignage, comme il **perpétue** le mystère du chien fantôme.

– Alors, ce n'était que l'enregistrement d'un vulgaire chien? dis-je pensivement.

– Oui, mais je ne comprends pas comment le magnétophone a pu se mettre en marche tout seul!

– On l'a peut-être un peu aidé! dis-je en sentant la colère monter en moi et en songeant que Rebecca ne perd rien pour attendre. Mais si tu veux bien, allons à la bibliothèque. J'aimerais que tu me parles encore de Lord Griffith. Pour ma part, j'ai eu tellement peur que je serai incapable de fermer l'œil de toute la nuit.

Arrivés dans ma pièce préférée, nous nous asseyons comme la dernière fois sur la causeuse face à la cheminée. Hugo va chercher un gros livre recouvert de cuir vert, sur lequel est écrit en lettres d'or: *L'Inde coloniale*. Il porte aussi un

recueil plus petit recouvert de cuir brun avec l'inscription *Mémoires*.

– Qu'est-ce que c'est, celui-là? dis-je en pointant le doigt vers le plus petit.

– Le carnet de voyage de mon aïeul, ou du moins ce qu'il en reste. En effet, il a perdu son journal de bord lors du naufrage. Une fois revenu en Angleterre, il a tenté de réecrire ce qu'il avait vécu. Tiens, regarde, Clara, dit Hugo en tendant le gros livre ouvert sur ses genoux. Ici, on t'explique un peu ce qu'était l'Inde impériale. C'est une époque très importante pour mon pays, qui étendait son empire à travers le monde. Tu dois savoir de quoi je parle puisque, au Canada, l'Angleterre et la France se sont également affrontées pour imposer leur domination. C'est d'ailleurs l'Angleterre qui a remporté...

– Ah, je m'excuse! Les Anglais ont perdu le Québec. Nous parlons français et il n'y a qu'à voir le nom des Québécois pour comprendre leur origine, dis-je d'un ton qui n'admet pas de réplique.

– Wow, quel tempérament! Je voulais juste dire que, en Inde, l'Angleterre a colonisé quelque temps ce pays, qui a retrouvé plus tard son indépendance.

– L'Inde était donc une colonie anglaise, dis-je. Ce qui veut dire que de pauvres gens, avec leurs croyances et leur culture, ont été soumis aux lois d'autres personnes qui se pensaient supérieures!

– C'est un peu ça! Mais tu sais, l'histoire de l'humanité s'est écrite selon ce modèle-là. Ce ne sont pas les Anglais qui ont composé la chanson. La liste est longue: les Romains ont dominé le monde antique, les Espagnols ont conquis les peuples d'Amérique du Sud, les Hollandais ont régné en Indonésie. Et les Français? N'ont-ils pas colonisé l'Afrique du

Nord et une grande partie de l'Afrique noire?

– C'est ça! Ravivons la vieille rancune des Français contre les Anglais et déclarons-nous la guerre!

– Écoute, Clara, en ce qui me concerne, je suis plutôt pour le slogan *Peace and Love.* Et plus encore depuis que je te connais. Pas toi?

Et pan! Il suffit d'un petit sourire et d'une étincelle dans ses yeux clairs pour que j'en arrive presque à oublier comment je m'appelle. C'est vrai que plus ça va, plus j'apprécie les Anglais, leur humour, leur calme et même leur cuisine. L'autre jour, j'ai repris trois fois du ***triffle***. Je raffole de ce dessert!

– À quoi penses-tu? me demande Hugo en se rapprochant de moi au point que nos épaules se touchent.

– À ton aïeul, dis-je en prenant vite un air de circonstance.

Lui dire que je pensais au ***triffle*** aurait manqué de romantisme.

– Tiens, justement, regarde son journal intime. Tu verras qu'il était loin d'être le cruel colonel que tu as l'air d'imaginer.

Je saisis alors le petit livre et le feuillette machinalement. Les pages sont recouvertes d'une belle écriture fortement penchée vers la droite. Je lis...

13 octobre 1879
Je suis allé à Buckingham Palace rendre mes hommages à la reine Victoria. C'était un enchantement de parcourir les appartements de la reine et de découvrir les merveilleuses pièces d'art dont ils ***regorgent****. Lors de mon si long séjour aux Indes, j'ai eu tout le temps de me livrer à ma passion pour l'art pictural. Étant* ***féru*** *de peinture, j'ai eu le loisir de m'initier à nos contemporains. J'ai même rencontré Sir Lawrence Alma-Tadema, peintre hollandais établi à Londres depuis 1869. Ses tableaux d'inspiration antique m'ont littéralement fasciné. Après une discussion enflammée, nous sommes convenus de nous rencontrer de nouveau au Royal Oak's Castle.*

– Tu vois, mon aïeul était dans l'armée parce qu'à l'époque les gens n'étaient pas aussi maîtres de leur destin que de nos jours. Moi, après mon secondaire, je veux faire l'université en art. Je dois tenir de Lord H.W. Griffith mon amour de la peinture. Mais lui n'a pas eu cette chance de pouvoir choisir son métier. Écoute ce qui suit:

28 janvier 1880
J'ai eu l'honneur de rencontrer Burne-Jones. Quel homme exceptionnel! Nous avons opposé religion orientale et occidentale, et il était enthousiasmé par mes connaissances sur l'Inde. Je pense que la peinture a su redonner à mon âme ce que la guerre lui avait ravi...

– Et c'est ainsi tout le long, poursuit Hugo. Le colonel Griffith parle de son amour de l'art, des multiples rencontres qu'il a pu faire, étant introduit dans un cercle d'artistes. Il parle aussi de ses blessures de guerre et de son profond attachement à l'Inde.

Un long silence nous enveloppe tout à coup. Nous restons là, à nous regarder simplement. En captivant mon esprit, Hugo a réussi à me faire oublier la peur abominable que j'avais eue dans ma chambre.

– Viens, il est temps d'aller se coucher, dit Hugo, car demain, nous sommes invités à un party chez des amis.

Quoi? Alors, vite au lit car s'il y a une chose que je ne voudrais pas manquer, c'est bien un party avec Hugo...

L'ACCIDENT

Au petit-déjeuner, Rebecca me regarde du coin de l'œil, avec un sourire narquois. Je n'ai aucun doute quant à savoir qui a mis en marche l'enregistrement du faux chien fantôme. Mais, comme dit ma grand-mère, **la vengeance est un plat qui se mange froid**! Alors j'attendrai que l'occasion se présente, et je lui ferai payer la peur que j'ai eue par sa faute.

– Tu veux un peu de **porridge** et une tasse de thé? me demande Grand-Pa, toujours aux petits soins avec moi.

– Non merci, Grand-Pa. Je me contenterai d'un peu de thé et d'un toast avec de la marmelade.

– Tu as raison, dit Rebecca. Ça te fera moins grossir!

J'ai beau être mince, je suis comme toutes les filles: j'ai horreur qu'on parle de mon poids! Mais ignorons-la, je m'occuperai d'elle plus tard.

– Allez vite vous préparer, les filles, dit Hugo en descendant les marches deux par deux. Vous avez une heure devant vous, pas une minute de plus.

– C'est déjà beaucoup trop pour une beauté naturelle comme moi! **ironise** Rebecca en donnant un petit coup dans le ventre de son frère.

Seul Grand-Pa semble soucieux.

Alors que tous deux font semblant de se battre, je monte dans ma chambre pour me préparer. L'autre jour, lors de notre visite à Chelsea, j'ai acheté un ensemble super. C'est un pantalon violet, très moulant, avec un petit débardeur assorti. Par-dessus, on porte une très grande chemise en voile de couleurs vives: violet, orange, jaune et rose. Par transparence, la chemise laisse deviner l'ensemble dessous. Honnêtement, je me trouve super jolie! Eh bien quoi? Y'a pas de honte à se le dire, surtout quand c'est vrai! On croirait que les boucles d'oreilles de Hugo ont été faites pour aller avec cet ensemble. Je sens qu'au party je vais faire sensation.

Dans le couloir, je croise Rebecca. Rien qu'à son coup d'œil, je sais que je suis jolie. Mais elle n'est pas mal non plus. Elle porte une petite robe jaune paille très légère, avec de petites fleurs multicolores dans les tons pastel. On dirait un ange avec ses longs cheveux roux et ses yeux très clairs. Elle cache bien son jeu, «la peste».

Après des tonnes de compliments de Grand-Pa et Hugo, pour toutes les deux, nous partons tous les quatre en voiture. Nous nous rendons dans un coin de campagne où la fête se tiendra en plein air.

Une fois sur les lieux, je suis surprise de voir le nombre d'invités. Il y a des gens partout et chacun se balade à sa guise, un verre à la main.

– Viens, je vais te présenter à mes copains.

Plus loin, il y a un groupe de jeunes qui rigolent et tous se retournent à notre arrivée.

– *Hi, Hugo!* dit un grand blond qui se détache du groupe et vient taper amicalement la main de Hugo.

Puis il va embrasser Rebecca, avec qui il a l'air de bien s'entendre.

– C'est James, mon meilleur ami! *Hi, Jimmy, let me introduce you Clara. She is a French Canadian.*

– Bonjour! Comment allez-vous? Enchanté de vous connaître! dit James avec un très fort accent anglais et en faisant une révérence un peu **burlesque**.

Hugo explique que je viens du Québec et que je fais un échange avec sa sœur. Tout le monde se regroupe autour de moi et me pose des tas de questions. Une fois encore, Rebecca me jette un regard haineux et je la vois qui s'éloigne et se fond dans la foule du party.

Hugo dit deux mots à James puis s'éloigne à son tour. James se rapproche, me tire légèrement à l'écart du groupe et me demande:

– Alors, Clara, comment se passent tes vacances? Apprécies-tu l'Angleterre ou penses-tu que nous sommes un pays trop vieux, trop traditionaliste pour une jeune Nord-Américaine?

Je voudrais lui répondre que j'adore l'Angleterre, mais j'ai le sentiment qu'il est préoccupé.

– Qu'est-ce qui ne va pas? je lui demande, surprise moi-même par la brutalité de ma question.

De façon très naturelle, James me répond. Et doucement nous nous mettons à marcher côte à côte.

– Hugo m'a parlé de la jalousie de Rebecca à ton égard. Je dois dire que je suis très surpris. Becca est une fille super et je l'apprécie vraiment. Elle a beaucoup d'humour et bien qu'elle soit plus jeune que nous, elle est très souvent venue faire des sorties avec notre groupe. C'est un peu la petite sœur de chacun, et je crois que c'est ça le problème. Becca adore son frère et elle se sent menacée par toi. Hugo t'a pris sous sa responsabilité et te protège comme il le ferait avec une deuxième petite sœur.

En discutant, nous nous sommes un peu éloignés de la foule et nous approchons de la piscine. James semble perdu dans ses pensées.

– Tu veux boire quelque chose? me demande-t-il soudainement. Je vais chercher deux jus d'orange, continue-t-il sans même attendre de réponse.

Et il remonte d'un pas alerte vers le buffet.

Je reste seule, et une énorme tristesse me serre le cœur. Ainsi, Hugo a dit à James qu'il se sentait responsable de moi. De «la pitite», comme m'avait appelée sa mère à Londres. Je ne suis donc à ses yeux qu'une enfant à qui il faut faire passer de bonnes vacances. Je sens les larmes monter et je regarde mon image qui se reflète dans l'eau. Je n'ai que treize ans et demi, peut-être, mais je suis sûre qu'avec du maquillage j'en paraîtrais quinze.

– Tu veux boire du jus d'orange? me propose la voix de Rebecca derrière moi.

Je me retourne. Elle est là, à côté de moi, me tendant un verre. En un rien de temps, je comprends qu'elle va le renverser sur moi. Brusquement, d'un grand coup de bras, je fais voler le verre. Mais mon geste trop violent heurte Rebecca à l'épaule. Déstabilisée, elle tombe à l'eau. Alors s'offre à moi la plus

affreuse des scènes: Rebecca est au fond de la piscine. Je ne vois que ses yeux, immenses, clairs comme l'eau bleutée. Des yeux effrayés qui m'appellent au secours. Mais c'est pas vrai!!! Elle ne sait pas nager! Mon Dieu, elle va se noyer! Je hurle «*Help*» de toutes mes forces et, d'un bond, me jette dans la piscine.

Quelques mouvements me suffisent pour arriver à sa hauteur. Je plonge dans l'eau pour aller la chercher. Rebecca ne bouge pas. Je crois que la peur la paralyse. Je l'attrape par un bras et la remonte à la surface.

Une fois à l'air libre, Rebecca se débat violemment. Elle tousse, recrache de l'eau. Je l'aide à rester à la surface, mais elle panique. Elle s'appuie sur moi et me fait couler. Je bois moi aussi la tasse et j'ai de plus en plus peur. Mais je continue. Il faut que je lui maintienne la tête hors de l'eau. Je me bats presque avec elle. Dans sa frayeur, elle m'empêche de l'aider. Elle se débat et s'accroche à moi. Nous crions.

Soudain, dans une sorte de flou, je vois plein de gens au bord de la piscine. Des silhouettes qui se dessinent. Quelqu'un m'attrape sous les bras et me ramène vers le bord. Je me sens tout à coup si fatiguée que je me laisse faire. On me hisse hors de l'eau. Je me retrouve par terre, dégoulinante mais sauve. Quelqu'un me met une veste sur les épaules. On me conduit vers la maison. Après m'être séchée, frictionnée, puis enroulée dans une grande serviette de bain, je redescends au salon. Là, il y a tout le monde et chacun y va de son compliment pour mon courage. Soudain, j'aperçois Hugo qui vient vers moi et je lui demande:

– Comment va Rebecca ?

– Tout va bien, rassure-toi! Elle est dans une chambre à l'étage et elle voudrait te voir.

Alors, très dignement, drapée dans une unique serviette, j'accompagne Hugo. En entrant dans la chambre, je suis surprise de la blancheur de Rebecca. Elle est couchée dans un lit et le roux de ses longs cheveux accentue encore la délicatesse de ses traits.

– Je voulais te remercier, me dit-elle, et m'excuser de mon attitude depuis le début de tes vacances.

Alors, Hugo s'en va et nous nous retrouvons seules. Rebecca m'explique qu'enfant elle a été gravement malade et qu'elle restait souvent à la maison. Elle n'a jamais pu faire de sport. C'est pour cela, entre autres, qu'elle ne sait pas nager. Elle n'avait même pas le droit de faire des sorties avec sa classe. Son frère a toujours été son seul ami. Elle n'a jamais eu de copine ou de copain de son âge. Hugo a été responsable d'elle très tôt. Les seuls jeunes qu'elle fréquente sont les copains de Hugo. Mais parfois, elle s'ennuie, car ils sont plus âgés qu'elle. Maintenant, sa santé va mieux, mais elle ne sait pas partager. Elle se sent exclue. Nous restons très longtemps à discuter. Je lui raconte à mon tour un peu de ma vie. Nous sommes assises sur le lit et je me sens bien. Rebecca a un point de vue très intéressant sur les différents sujets dont nous parlons. Je découvre en elle une jeune fille tout à fait mature.

– Allez, on rentre à la maison, dit Hugo en entrouvrant la porte. Voilà tout ce qu'on a trouvé comme habits. Débrouillez-vous avec ça! dit-il en souriant.

Et Rebecca et moi nous habillons avec des t-shirts et des vestes deux fois trop grands pour nous. En nous regardant, on attrape notre premier fou rire.

LA GALERIE D'ART

Après quelques superbes journées passées chez Grand-Pa, nous retournons au **cottage** près de Londres. Depuis l'accident de la piscine, nous avons fait plein de visites et de balades, toujours tous les trois. Rebecca est une fille super tripante avec qui j'adore magasiner dans les petits villages. Elle a toujours le chic pour nous mettre dans des situations cocasses. Je la soupçonne d'en rajouter un peu. Mais elle me fait tellement rire que je n'arrive pas à comprendre comment nous avons pu nous détester.

Il y a toutefois un nuage dans ce bonheur retrouvé: j'ai entendu Hugo et

Grand-Pa discuter du château. Grand-Pa, la mort dans l'âme, envisage très sérieusement de vendre tout le domaine aux **promoteurs**. Il y aurait pourtant une solution: pour se tirer définitivement d'affaire, Grand-Pa aurait aimé transformer une partie de l'aile droite en relais-château. C'est-à-dire en hôtel de luxe. mais la banque refuse de prêter l'argent nécessaire aux travaux: transformation des chambres, création de salles de bains, d'une cuisine, et ainsi de suite. Hugo est très touché par ce problème car le château a toujours appartenu aux Griffith. C'est une question d'honneur.

Après un lunch léger, nous décidons de retourner à Londres tous les trois. Nous irons au grand magasin Harrod's chercher un cadeau pour Grand-Pa. D'abord, c'est son anniversaire, mais j'aimerais aussi lui faire un présent pour le remercier de sa gentillesse. Après, nous irons à la Tate Gallery, car Hugo a rendez-vous avec son professeur d'arts plastiques. Depuis le soir où nous avons lu le journal du colonel H.W. Griffith, nous avons souvent discuté de peinture. Hugo est un amateur éclairé et il se passionne pour le pop art. C'est un mouvement de peinture populaire américaine, et je dois dire que j'apprécie de plus en plus la peinture. Je n'y connaissais rien, et depuis quelques jours, j'ai appris des tonnes de choses. C'est drôle! Plus on apprend, et plus on a envie d'en connaître davantage.

À la Tate Gallery, Hugo attend à la porte d'entrée son professeur, tandis que Rebecca et moi commençons la visite. Nous parcourons les salles, et je suis heureuse de partager ces instants avec elle. Rebecca est super tordante, car elle dit à haute voix tout ce qu'elle pense des tableaux. Souvent, les gens la regardent en faisant les gros yeux et elle ne s'en aperçoit même pas.

– Tu as vu cette horreur? me dit-elle. Ça ressemble aux dessins de mon petit cousin...

Mais elle reste très sensible et me fait souvent remarquer des détails qui m'avaient échappé. Après une bonne heure de marche, Hugo ne nous a toujours pas rejointes. Alors, nous nous asseyons sur une banquette de cuir au milieu de la pièce et décidons de nous reposer en l'attendant. Je raconte à Rebecca ma visite de l'exposition de Duane Hanson au Musée des beaux-arts de Montréal. C'est un sculpteur américain qui faisait des personnages plus vrais que nature. Fantastique! Les hommes ont des poils sur la peau, les femmes sont maquillées, et on jurerait qu'ils sont vivants. À un moment même, j'ai demandé l'heure à une statue qui représentait une femme de ménage. J'ai cru qu'elle était réelle.

Soudain, mes yeux se posent sur un tableau très beau et qui me semble familier. Je m'en approche et scrute cette magnifique peinture. Elle s'intitule *King Cophetua and the beggar maid.* C'est-à-dire le roi Cophetua et la servante mendiante, peinte par Burne-Jones

(1833-1898). Je suis sûre de ne l'avoir jamais vue et j'ai pourtant l'impression du contraire.

– Connaissez-vous l'histoire de ce roi? me demande un monsieur à côté de moi et qui regarde le tableau depuis un moment.

– Non, pas vraiment!

– Ce tableau parle de chevalerie et de romance comme tout le mouvement de peinture auquel il appartient: les préraphaélites. Il raconte l'histoire d'un roi qui a cherché désespérement l'épouse parfaite, et l'a finalement trouvée, en la personne d'une très pauvre servante.

Je continue à avoir ce sentiment de déjà-vu. Peut-être dans un livre, ou bien...

– Ah, vous voilà! s'exclame tout à coup Hugo. Je vous cherchais partout. Alors, qu'est-ce que vous avez vu de beau?

– Rien de particulier, mais Clara voudrait acheter ce tableau parce qu'il irait bien avec le papier peint de sa chambre, **ironise** Rebecca.

– Ça alors! s'écrie Hugo. Quelle coïncidence! Tu as vu qui est l'auteur de cette toile?

– Oui, dis-je un peu surprise de la réaction de Hugo. De Burne-Jones! Et alors?

– Et alors??? Mais c'est le peintre que mon ancêtre a rencontré à son retour des Indes. Tu te souviens, il en parlait dans son carnet de voyage. Mince alors! C'est vrai que c'est une drôle de coïncidence. Comme le monde est grand et petit à la fois!

Je fixe le tableau et imagine soudain que le peintre sort de derrière la toile et vient vers nous en disant à Hugo: «Bonjour, mon petit! Tu sais, j'ai bien connu ton arrière-arrière-arrière-arrière-grand-père. Quel homme vigoureux, ce colonel! Et quelle âme sensible à la fois!»

– À quoi penses-tu, Clara? me demande Rebecca. Si tu voyais la tête que tu fais. Tu es restée au moins cinq minutes avec la bouche ouverte et les yeux fixés sur le tableau. On dirait que tu viens de voir un fantôme. Et sans vouloir te rappeler la mauvaise blague que je t'ai faite, il n'y a pas si longtemps, je te signale que les fantômes n'existent pas.

– Peut-être! Alors disons que j'ai vu l'esprit du tableau.

– Wow! s'exclame Rebecca. Je ne sais pas ce que ça veut dire, mais c'est beau! Allez, viens, je t'offre une crème glacée pour te remettre de tes émotions.

Un peu plus loin, nous rejoignons Hugo qui discute avec l'homme que nous avons rencontré près du tableau. Il lui remet une carte de visite et s'en va.

– C'est un expert en peinture! Monsieur Tomwell, dit Hugo. Il était très heureux de rencontrer des jeunes qui s'intéressent à l'art.

Nous sortons tous les trois pour prendre une crème glacée et rentrons au **cottage**. Durant toute la fin de la journée, je me sens un peu bizarre. Comme si une partie de ma tête était dans le brouillard. J'ai l'impression que quelque chose m'échappe, mais je ne sais pas quoi. Le soir, tous réunis, nous jouons au scrabble. Mais mon esprit est ailleurs. J'ai beaucoup de mal à me concentrer. Hugo me regarde souvent et je sens qu'il n'est pas dans son assiette lui non plus. On dirait que quelque chose va se passer. Mais quoi?

Morte de fatigue, je me couche tôt. Mais je sombre dans un sommeil perturbé. Je rêve d'un chien qui vient vers moi et me tire par la manche de mon pull. Il me regarde dans les yeux et semble vouloir me dire quelque chose que je ne comprends pas.

À présent, je rêve que je me trouve aux Indes, dans un palais magnifique. Je suis à une fenêtre, et j'entends des coups de fusil dehors. Il y a des gens qui se battent. À l'intérieur tout est très calme: je vois un homme assis de dos. Il porte un uniforme militaire. Je l'appelle mais il ne me répond pas. Je m'approche. Il est en train de peindre.

Je suis maintenant à la galerie d'art. Je rêve du peintre qui semblait sortir de sa toile, «l'esprit du tableau», comme je l'ai appelé: «Alors, tu ne me reconnais pas?» me dit-il en se penchant sur moi et en pointant son pinceau sous mon nez. Et tout à coup, assise sur mon lit, droite comme un piquet, je viens de comprendre. Ça y est, tout est clair dans ma tête! D'un bond je saute du lit. Je regarde ma montre sur la table de chevet: cinq heures du matin. Parfait! Je vais aller réveiller Hugo.

Arrivée devant sa chambre, j'ouvre la porte et entre doucement. Quand il saura ce que j'ai à lui dire, il ne m'en voudra pas de l'avoir réveillé si tôt.

Au moment où je vais secouer son épaule, je m'arrête et le regarde dormir. J'ai un pincement au cœur tellement il est beau. Je repense alors à la réflexion de James et à la peine que j'ai eue. Toutes les attentions de Hugo n'étaient que politesse, gentillesse même, mais rien qui ne se rapproche de l'amour. À treize ans et demi, est-ce que l'on peut vraiment aimer? Je ne sais pas. En tout cas, on peut souffrir.

Soudain, Hugo se met à bouger et ouvre les yeux.

– Clara? dit-il en se redressant dans son lit. Mais qu'est-ce qui se passe?

– Nous devons retourner au plus vite au Royal Oak's Castle. Je crois que le tableau au-dessus de la cheminée de la bibliothèque est une toile de Burne-Jones.

Hugo me regarde, la bouche ouverte. Ses yeux sont aussi ronds que ceux de mon chat quand je lui siffle dans les oreilles.

– *My God*, mais ce n'est pas possible, Clara!... C'est incroyable! crie Hugo en posant ses mains sur mes épaules. Je suis sûr que tu as raison, c'est... Oh, je t'adore!

Et sur ce, il me serre dans ses bras et me fait valser dans sa chambre.

Mr et Mrs Griffith, ainsi que Rebecca, sont abasourdis sur le pas de la porte, et de les voir ainsi en pyjama me fait mourir de rire. Hugo leur répète alors ce que je viens de lui dire. Mais ils sont perplexes et ne croient pas que ce soit possible, malgré la rencontre du colonel avec le peintre en 1880. Hugo, lui, est convaincu que le tableau de la Tate Gallery et le portrait du colonel sont du même peintre.

À huit heures, il téléphone à l'expert rencontré la veille et lui fait part de notre histoire. Monsieur Tomwell est enthousiasmé et veut nous accompagner aujourd'hui même pour faire une expertise au château du Chêne royal. À dix heures, excités comme des puces, nous prenons la route et retournons chez Grand-Pa. Nous arrivons à midi et, à midi deux minutes, nous sommes face au tableau. Monsieur Tomwell le décroche et le regarde attentivement. Il n'y a pas de signature. Sans rien dire, il sort de sa mallette une lame et une loupe. Il retourne le tableau et coupe le papier qui retient la toile au châssis. Il la libère ainsi de son encadrement et fait apparaître la signature. Il colle son nez sur la toile. Ces minutes me semblent interminables. Le silence est très lourd.

– C'est un Burne-Jones! dit-il en relevant la tête.

La bibliothèque se remplit d'un énorme cri de joie. Grand-Pa fait même des sauts de cabri avec Rebecca, comme s'il avait vingt ans. Mrs Griffith se met à pleurer de joie et Mr Griffith hurle comme s'il était à un match de football. Quant à Hugo, il m'attrape dans ses bras et m'embrasse. Ce n'est pas un baiser d'hospitalité, ça j'en suis sûre. Un baiser sur la bouche, doux, tendre. Mon premier baiser, et je n'ai pas besoin de

Monsieur Tomwell pour l'expertiser: je sais que c'est un baiser d'Amour.

ÉPILOGUE

– Vous voulez boire quelque chose? demande l'hôtesse de l'air.

– Un coke, s'il vous plaît! demande Rebecca assise à côté de moi.

– Moi aussi! dit Hugo sur le siège arrière. Et toi, Grand-Pa, qu'est-ce que tu veux?

– Un coke et des chips!

– Et vous, mademoiselle? poursuit l'hôtesse de l'air.

– Vous n'auriez pas du thé, s'il vous plaît?

– Tu es devenue une vraie Anglaise! me dit Rebecca en souriant.

C'est vrai! Et je n'ai qu'une hâte, c'est de retourner l'été prochain en Angleterre.

Je suis invitée à passer toutes les grandes vacances. Pour l'heure, nous atterrirons bientôt tous les quatre à Montréal. Mr et Mrs Griffith nous rejoindront dans une semaine et nous partirons tous ensemble faire le tour du Québec.

Les choses ont beaucoup changé depuis l'expertise de Monsieur Tomwell: les Griffith sont maintenant à la tête d'une petite fortune et le problème de la vente du château ne se pose même plus. Le colonel H.W. Griffith, passionné de peinture, a rencontré de nombreux peintres dans les années 1880 à 1883. Il a demandé à une dizaine de peintres de faire un portrait de lui-même et de Major. Le colonel, en homme avisé et fin connaisseur, a spéculé sur le devenir de ces toiles et espérait qu'elles prendraient de la valeur pour constituer un **patrimoine** à ses futurs descendants. Aujourd'hui, six des dix peintres sont reconnus et leur œuvre vaut très cher. Il y a Burne-Jones, Sir Lawrence Alma-Tadema, Lord Frederic Leighton, Sir

John Everett Millais et puis d'autres dont j'ai oublié le nom. Tous appartiennent aux mouvements néoclassique et préraphaélite. J'ai tellement appris sur la peinture qu'à la rentrée des classes je vais faire un exposé là-dessus. Hugo a promis de m'aider.

– Dis, me chuchote Hugo en me tirant doucement une mèche de cheveux derrière la nuque. N'oublie pas que tu dois me montrer la basilique Notre-Dame!

– Non, non, elle n'oublie pas, répond Rebecca à ma place. Et moi, si vous voulez, je ferai la demoiselle d'honneur.

Qui a dit que les Anglais avaient de l'humour?

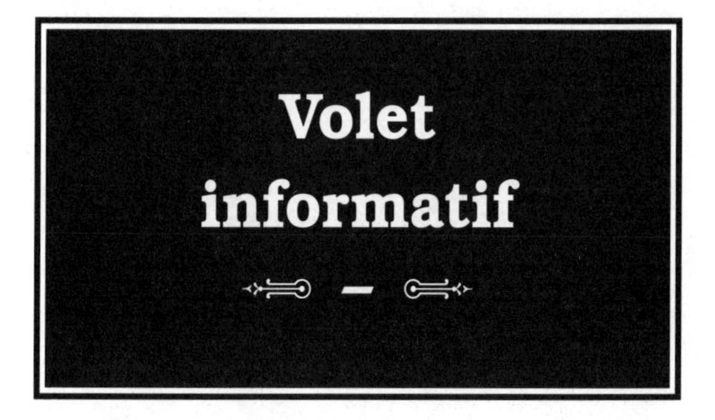

Rédaction:
Nathalie Lalliot

LE FIN MOT DE L'HISTOIRE

Clara se rend en Angleterre pour perfectionner son anglais. Son séjour là-bas lui fera vivre toutes sortes d'aventures. Pour en savoir davantage sur les endroits et les personnages dont il est question dans son récit, lisez ce qui suit.

DE LIEU EN LIEU

Le Royaume-Uni

Le Royaume-Uni de Grande-Bretagne et d'Irlande est le nom officiel du royaume fondé le 1er janvier 1801 par l'union de la Grande-Bretagne (elle-même composée de l'Angleterre, du pays de Galles et de l'Écosse) et de l'Irlande. En 1922, l'Irlande se sépare en deux parties: le Sud devient un État indépendant tandis que le Nord reste attaché au Royaume-Uni. L'agitation politique qui en découle est malheureusement encore d'actualité.

Le Royaume-Uni comprend donc aujourd'hui quatre parties: l'Angleterre, le pays de Galles, l'Écosse et l'Irlande du Nord.

Fait intéressant, l'Angleterre, qui occupe la partie méridionale et centrale de l'île, a une superficie de 131 760 km² et regroupe 47 450 000 habitants. À titre de comparaison, le Québec a une superficie de 1 667 926 km² et seulement 6 895 963 habitants, soit près de 7 fois moins d'habitants pour une superficie 12 fois plus grande!

La Grande-Bretagne

Au premier rang mondial au XIXe siècle, la Grande-Bretagne était à la tête d'un empire immense. Elle est en ce moment une puissance économiquement moyenne au sein de l'Europe, derrière l'Allemagne (première puissance) et la France. Le fait d'être une île lui confère une position marginale dans le contexte de l'union des pays européens. Marginalité que les Anglais cultivent et qui a donné naissance au cours des siècles à de grands mouvements artistiques, aussi bien en peinture qu'en musique.

Le Royaume-Uni a la particularité d'être un État monarchique où la famille royale, à la tête de laquelle se trouve la reine Élisabeth II, n'a qu'une autorité symbolique. Le gouvernement britannique est dirigé par un premier ministre, aujourd'hui Tony Blair, responsable devant le Parlement.

Londres

Londres est la capitale de la Grande-Bretagne. Pôle touristique avec ses 6 700 000 habitants, elle est la deuxième ville d'Europe après Paris. Premier port britannique, Londres doit sa naissance à sa situation stratégique sur la Tamise. La «City», qui est le cœur de la ville, demeure le centre des affaires; elle donne à Londres son statut de deuxième place financière dans le monde après New York. Cette importante métropole politique est aussi le berceau de nombreux mouvements artistiques. Son histoire est marquée de blessures profondes. En 1665, Londres est ravagée par la peste, puis en 1666 par un grand incendie.

De plus, lors de la Seconde Guerre mondiale de 1939 à 1945, elle va être extrêmement touchée par les bombardements incessants de l'aviation allemande. Mais Londres, à l'image de ses habitants, est une ville très forte...

DES PETITS COINS À DÉCOUVRIR

Tower Bridge

Le Tower Bridge est un magnifique pont à bascule qui relie deux tours blanches néogothiques. Sous ce pont passe la Tamise. En fait, la Tour de Londres compte deux ponts suspendus: le pont routier inférieur s'ouvre pour laisser passer les bateaux, faisant office de pont-levis. Quant au pont à l'étage supérieur, il constitue une passerelle pour piétons, qui offre une vue imprenable sur le célèbre fleuve.

King's Road

Il s'agit d'une rue très animée de Londres que tout visiteur se doit de découvrir. Cette artère commerçante est réputée pour ses boutiques de mode, ses antiquaires et ses restaurants exotiques. Elle doit son nom au roi Charles II, qui empruntait ce chemin pour se rendre chez sa maîtresse, une comédienne qui habitait Chelsea. Ce quartier abrite une importante communauté d'artistes.

Les pubs

À l'origine, les pubs, abréviation de *public house*, étaient réservés exclusivement aux hommes. Ils sont aujourd'hui interdits aux jeunes de moins de 14 ans. C'est le lieu de sortie favori des Anglais, qui s'y retrouvent entre amis le vendredi et le samedi soir pour boire la traditionnelle bière anglaise. Il est de bon ton d'aller au comptoir et d'offrir une boisson à chaque membre du groupe. Puis, ce sera au tour d'un autre membre de le faire. Autrement dit, autant de bières dégustées que d'amis rassemblés. Les pubs ouvrent généralement le soir vers 18 heures et ferment obligatoirement à 23 heures. À 22 h 45, quelqu'un crie *last order* (dernière commande) et, 15 minutes plus tard, les clients quittent le pub. Tradition oblige! L'atmosphère intime des pubs rappelle celle des clubs avec leurs lumières douces, leurs moquettes profondes et leurs murs en lambris de bois.

UN PEU D'HISTOIRE

Nelson et Napoléon

En 1805, la bataille navale de Trafalgar se conclut par la victoire de l'amiral britannique Nelson sur la flotte franco-espagnole de Napoléon Ier, alors dirigée par Villeneuve.

La France et l'Angleterre se sont souvent affrontées dans l'histoire, et la guerre de Cent Ans (1337-1453) vit le territoire français transformé en champ de bataille, les Anglais voulant annexer les provinces françaises. Cette page d'histoire fut notamment marquée par la libération de la ville d'Orléans en 1429 par Jeanne d'Arc, qui insuffla aux Français le courage de repousser les Anglais hors de France.

L'Inde impériale

Les Indes, comme on les appelait autrefois, furent une colonie anglaise. En 1600, la Compagnie britannique des Indes est créée. Plus tard, en 1719, ce sera le tour de la Compagnie française des Indes. À l'époque, la France et l'Angleterre livrent bataille pour soumettre à leur influence des pays d'outre-Atlantique dans lesquels ils sont partis chercher de l'or et des épices. L'Angleterre, à force de conquêtes et d'annexions, réussit à imposer sa suprématie jusqu'en 1858. La Compagnie des Indes est alors supprimée et l'Inde est directement rattachée à la couronne britannique. La reine Victoria sera même couronnée impératrice des Indes en 1876. L'Inde réussira à s'arracher à cette emprise près d'un siècle plus tard et, en 1947, son indépendance sera proclamée.

L'ANGLETERRE ARTISTIQUE

Les préraphaélites ou plus exactement la Pre-Raphaelites Brotherwood, c'est à dire la fraternité des préraphaélites, constituent un mouvement fondé secrètement au XIXe siècle par sept artistes anglais qui rejetaient l'opinion académique victorienne de l'époque, préférant s'inspirer de l'art et de l'artisanat du Moyen Âge.

Le mouvement des préraphaélites était une philosophie en réaction contre la révolution industrielle qui avait débuté à la fin du XVIIIe siècle. C'était le retour à l'inspiration de l'âme à une époque où la machine était reine. Les préraphaéites vivaient intensément leurs croyances,qui se traduisaient dans la vie de tous les jours par une certaine décoration dans les maisons et des activités empreintes de l'esprit du Moyen Âge.

Quelle est l'origine du mot «préraphaélite»?

La fraternité se révoltait contre la Royal Academy, qui représentait l'art conservateur et officiel (soit l'art reconnu par le gouvernement). À l'époque, les peintres se basaient sur le style italien du XVIe siècle marqué par Raphaël. La fraternité se baptisa alors «préraphaélite», ce qui signifie «avant Raphaël». La nature était leur principale source d'inspiration.

DES MOTS EN ÉCHO

Âtre
Partie de la cheminée où l'on fait du feu.

Blason
Ensemble des armoiries (symboles et ornements d'un État ou d'une famille) dessinées sur un bouclier.

Burlesque
D'un comique extravagant, ridicule et absurde.

Cottage
En Angleterre, petite maison de campagne.

Escogriffe
Homme de grande taille et d'allure disproportionnée.

Féru
Pris d'un intérêt passionné pour quelque chose.

Halo
Auréole lumineuse diffuse autour d'une source lumineuse.

Ironiser
Employer l'ironie, se moquer de quelqu'un ou de quelque chose.

Méandres
Formes sinueuses décrites par un cours d'eau. Au sens figuré, il s'agit d'un détour sinueux de la pensée ou de la parole.

Mesquin
Qui manque de grandeur, de générosité.

Ogive
Forme conique utilisée très souvent dans l'architecture gothique.

Patrimoine
Ensemble des biens de famille souvent transmis par héritage: maison, meubles, bijoux, etc.

Perpétuer
Faire durer toujours ou très longtemps.

Porridge
Bouillie de flocons d'avoine servie traditionnellement au déjeuner.

Promoteur
Personne qui s'engage à faire procéder à la construction d'un immeuble.

Regorger
Avoir en surabondance. Exemple: Ces gens regorgent de richesse.

Sari
Longue étoffe drapée que portent les femmes, en Inde.

Se lover
S'enrouler sur soi-même. Exemple: Le serpent se love sous une pierre.

Triffle
Dessert fait d'une couche de gâteau mœlleux, recouvert d'une couche de *custard* (sorte de crème à la vanille), d'une couche de framboises au sirop, le tout nappé de crème battue.

DES EXPRESSIONS QUI EN DISENT LONG

La vengeance est un plat qui se mange froid
Il n'est pas nécessaire de se précipiter pour se venger.

Rester de marbre
Ne plus bouger, rester immobile comme une statue.

Tomber dans les bras de Morphée
S'endormir. Morphée était le dieu grec des songes, fils de la nuit et du sommeil.

Collection Jeunes du monde

À partir de 9 ans

Cloé chez les Troglos
Mathilde et Aurélia
L'héritier
L'affaire Rose des vents
Fanny et l'énigme de Saint-André
Maboul dans le souk
Les zooms sur une île grecque

À partir de 11 ans

P'tit Pince
Le Huron et le Huard
Ismaël dans la jungle des villes
Comme une cicatrice
Opération Arche de Noé
La folle journée
Clara et le fantôme du Royal Oak
Le château des contes